현대시 세계 시인선 157

멜로는 구우면 더 맛있다

서순남
시집

멜로는 구우면 더 맛있다

서순남
시집

도서
출판 북인

시인의 말

적막한 밤 뜯어내고 어리둥절한 아침
마음, 어떻게 내려놓으면
행복 들어올까?

마침 우주를 돌아온 비
지붕 적시는 소리
어느 낯선 이유가 그 이유 찾아
다녀간 계절 되감는다

오늘 고백
맛있기를, 갓 지은 밥처럼

2023년 가을
서순남

차례

1부

봄, 모든 오류를 존중한다

덩그러니

아무렇게나 그린 약도
쌓인 말이 흙먼지로 굴러다녀도
저녁은 계속
오른쪽으로 맴돈다

한 차례 일렁인 어둠
쓰다만 시에 걸터앉았다

직사각형 질문
단답형 대답
가방에서 삐져나온다

몸에 착 감길 시어 찾아
비어가는 신갈나무
머리숱

꽉 문 두 입술 힘 뺀 낙엽
넓은 손뼉으로 응원한다

예기치 않은 특종

기다리는 일
나무젓가락 씹는 맛만 아니면
괜찮다고
랙 걸린 오디오처럼 되뇌는 날

만약 당신이 봤다면
무슨 말할까

익숙하지만 불편한 생각
단단히 조인 아침
물러날 구멍이 없을 때 생긴
근성 하나
에코백 멘 내 어깨 떠민다

나동그라진 슬리퍼짝 툭 밀친
뭉툭하고 건조한 2월
속으로 들어간다

인공눈물 톡톡 까끌한 긴장 풀고
신참 기자 눈빛으로 다가온 햇살

부려놓는 빛 알갱이
막다른 골목까지 펼치는 홀로그램 쇼

약국 실외기 안절부절못하던 서리
3인칭으로 맑다

시 詩

샛바람 자장가 삼아 애호박이나 키우던 저기압 노랗게 뒹굴다 뒤꿈치에 묻은 감꽃 콧잔등 긁적이다가 파랗게 돋는 햇볕 쫄면과 냉면의 중간 같은 함량 미달의 모직 바지 같은

따뜻하다고 했을 뿐인데 꽃이 피기 시작했다

마음을 얻으려 하지 않아도 되는
4월
그의 허술한 사랑에 대해
성숙해지자고 중얼거린다

미닫이문 닫고
덮어버린 상처 꺼내면
스프링까지 낡아가는 일기장
하루가 끝날 때 듣고 싶었던 말 고여 있다

덧니처럼 맴도는
네 편이 되어줄게

복도 끝 해바라기 액자
나선형의 들뜬 목소리
저녁 바람에 맡겨도 되겠다

피크닉 바구니와 담요 트렁크에 실으면
겹겹의 꽃잎 휘두르다
기침 터뜨리는 지평선

CCTV

뻐근한 시선
창밖으로 뻗는 오후

포물선으로 떨어진 이파리에선
풀리지 않은
억새 소리

아무것도 적혀 있지 않은 노트
다음 장 넘긴다

지난 밤 벗어둔 뒷골목 소리들
안주머니에 끼우는 전봇대

작은 날것 한 마리
제자리에서 멈춘 날개 떨고
그 뒤
늙은 남자 어깨 비듬보다 가벼운
불빛
바삭하다

선암사 뒤뜰에 내리던

주문받은 마음 거기까지
배달 못한 까닭일까

스친 인연까지도
몇억 겹 질량 덧대 로딩 중일까

바람처럼 떠나고 싶을 때
켜는 촛불처럼
나의 지금에 갱신을 주문한다

본 것 이해했다로
넘기지 말라고

봄, 모든 오류를 존중한다

수직만 알던 햇볕
멈춘 마음 고마워
붉게 착지하는 동백

지나가는 말[言]처럼
담장 아래
파고들지 못했지만
떨어지는 순간
또 다른 봄

살짝 건드려도
툭 끊어질
홀로 걷는 직선
한 뼘 벗어나 있던

어느 아침
켜켜이 일어설지 모른다

시간에 감기는 법

만원버스에서 밟은 발등
올 나간 새 스타킹이
새초롬하다

기필코 뒤통수까지 웃게 할
밑줄 필요한 발자국
게시판 뒤져 연꽃동네로 가는 길

저만치 손톱 물어뜯던
게으른 발꿈치 들고
빈속 채우러 간다

흩어지는 숨소리도 아까운
그곳

탄력밴드

출구가 있는 쪽 찾거나
솟아오를 준비 하느라
소리는 더 잘 보인다

먼지 잔뜩 낀
휑한 원룸 벽
지문 익힌 시간 잔뿌리

정지 버튼 싫다며 기억
돌돌 감은 백일홍
일몰 안으로 밀어넣는

구겨뜨린 습기
손톱 거스러미 달래던 서풍
일어서면

거기
탄탄한 나무

바코드를 읽어내다

하루를 통째로 끌어안느라
무뎌진 흔적
어긋난 틀 부드럽게 만들며
새벽은 밭은기침으로 다가오고

주머니 속 수첩엔 불안도
뒷걸음질시키는
중간 박수

갈대 언덕 올라서는 모래 근성
보이지 않는 기획 상품 내놓겠다
큰소리칠 때
차츰 희미해지는 직립

접두사

꽃 좋아하던 엄마
흰 국화들과 이틀 환하게 웃고는
단풍 너울대는 산길
앞장서 오르신다

어린이날 달성공원
온 가족 첫나들이
그때나 지금이나
나는 여전히 빈손

말이 어눌하다며 간병인에게 수화기 넘기던 날
바로 달려갔어야 했는데

겨우 삼베옷 한 벌 입혀
뒤늦은 마음
회심곡에 섞는다

흰 날개 훨훨
새색시 마음으로 날아

새 집은 편안한지
당신 무릎에 다시 봄은 왔는지

꿈에서도 묻지 못하는 안부

내 목소리에 내가
놀랄 때 많은 요즘
몸뚱어리 몸짓 구석구석
엄마 맥이 들었다

탄수화물중독

처언천히 천천히
갇힌 침묵 덜어내는 모래시계
새새틈틈 뚱보세균 차단크림을
두리번거린다

고무줄 끊어진 통바지처럼
흘러내릴 방법은 없을까

길어진 회의 시간은 차라리 가뿐해
살 깎는다는 말보다 무거운 칼로리 폭탄

맥문동 꽃 잔치국수 고명처럼 손 흔든다
아는 맛 앞에서
입맛도 뱃살도 후진 모른다

끈끈이 하나 매달아도 별
차이 없는 파리 떼 같다

발꿈치용 쿠션패드

선착순에도 늘 약했다
수도 없이 넘어져본 사람
내놓는 믹스커피 홀짝거린다

삶은
사람을
조이고 푸는
동행

어깨동무로 스멀거리던 외벽 곰팡이
슬슬 빨판의 힘을 푼다

지는 꽃

구순 노파의
몇 안 남은 치아

꽃도
치아도
웃을 때가
세상 주무르는 힘 있다는 걸 알아서
헐렁해졌어도 꽃이라고
그래도 이[齒]라고

웃는다

아킬레우스의 발목처럼 주저앉힌
풍족한 가난
쉽게 놓아주지 않는다

지나왔거나 멀어진 것에
그리움 남기는 사람들
젖니로 돌아오리라

삼킨 상처까지 꽃으로 피리라

가벼운 말투 싫어도
말랑한 웃음으로 하늘하늘

명함을 받았다

살아온 날을 편집한 그의 인증서

잘 살아왔고
잘 살고 있다고 해줘야 하나
교정 잘 된 이로 둥글게 웃고 있는
사각형 앞에서
나는 무슨 말 보태야 할지

사방을 찰방거리지만 결코
전체 담그지 않는 섬 닮느라
이 이는 얼마나 다양한 문 여닫았을까

내가 할 수 있는 건
눈빛 선하게 구는 일

사선으로 헝클어진 앞머리 싫은 왼손
이마 다독이며
이것이 오늘의 한 줄 이력
머리칼 직선으로 넘긴다

2부

가령이라는 말 언제나 별도공지였다

부재不在

셀로판지 벗기는 소리로
말라가는 들꽃

첫 줄부터 방향 바꿔 술렁거린다

안갯속으로 들어간 말 걸러내
아직 오지 않은 봄

오래 전 잊었다던 눈빛
다시 만진다

천일염 닮은 아버지
날마다 시를 쓰고

프리지어 화분에서 벗어난 연둣빛
그림자 놓쳤다

토요일 혜화동에 가면

띄어쓰기 잘 된 메뉴판 들이밀면
낯가림 심한 눈동자 위해
빌딩 사이로 키보드 두드리는 금요일

손깍지 끼고 거리 재듯
몽글몽글 앉아 있는 동그란 궁뎅이
실핏줄 터질 지경인
인정머리없는 내리막길
매일 제자리걸음이다

꼬깃해진 지폐처럼
꺼낼 때마다 얇아지는 꿈

괜찮냐

다시,
한번 더

동글동글 포말 그리며
가려움 좀 덜어낸 꽃잎 소리

짤랑

서랍

어느 날은 물음표로 후벼파다가
어떤 날은 양철지붕 긁어주는 봄비로
그득 고이기도 한다

한쪽 어깨가 기우뚱한 지난 날
밑으로 처진 왼쪽 엉덩이 살짝 들어
몇 번 여닫다 발 앞에 떨어진 사진 한 장
꽃놀이에서 어색하게 웃고 계신 부모님
빛도 바랬지만 나이보다도 한참 겉늙었다

줄 끊어진 시계, 몽당 양초, 녹슨 동전 몇 닢, 구겨 찢다만
메모지,
　다 쓴 AAA 건전지, 계좌번호 적힌 안경점 명함, 노란 고
무줄 두 개,
　뜯지 않은 주스용 빨대, 스테이플러 심, 컴퓨터용 펜, 언
젠가 받았던 소포에 붙었던 그 사람 주소 어느 하나 확장을
꿈꾸지 않는 서랍을 다그치지 않는다 하루를 그냥 보낼지
라도 정리가 쉽게 되지 않는 어수선 멋으로 메고 산다

꽃멀미

나비 걸음으로 가득한

저 달의 숨결

비가 다녀가는

새벽 소리를 봐야지

답답한 보정 속옷 벗어던진

주근깨 가득한 콧잔등

흘려버린 어느 시절

들여다보고 싶었던

이야기 속으로

걸어간다

기분 전환 필요한 월요일 12시처럼

말수가 부쩍 줄었다

이마 훔치는 해
내내 두런거리던 목소릴
내려놓으면

마침내,
손나팔하고 물밑으로 가라앉는
빛

밤이 데리고 다니는 거리
흩어진 기억 찾는 버려진 종이컵
휘파람으로 시간 꿰맨다

낮에 스쳐간 많은 얼굴
아침에 흥얼거리던 노래

하얀 운동화 같은 자유

어떤 상황에서도

절제가 되는

확실한.

감나무집 이야기

해당화 덩굴 울타리 삼고
늙은 호박처럼 무겁게 앉은 손톱달
일인칭 쉼표 부풀린다

매년 갱신되거나 미리 보기 가능한 떨림
얽힌 연줄 팔을 눌러도 불평 하나 없다

담장 밖으로 뻗어나온 가지
달린 감꽃 풍년 점친다던데

풀벌레 노래 덮고 누운 간고등어
늙은 어미 머리에 이고 오는
짐 보이지도 않고
손등에 올라온 갈색 반점에
온 신경 쏟아졌다

청명

깎은 손톱 다 자랄 때까지
신경질은 미뤄두기로 한다

등 뒤로 흘러간 인연에
머리 흔들고 싶은 나무

작은 입 움찔거리는 매화
종이꽃 청첩장 봄을 분양한다

정오를 기다려
빈 접시 채운 계절

고개보다 마음을 숙일 줄 아는

경계와 관심 사이

주름 잡힌 고요 끌어다
난개발 걱정하는
통나무 지붕에 바른다

잘해주겠다는 말에 들어간 횟집
주방에선 방어 대가리 잘려나가고
접시에 천사채 깔리는 동안

식탁엔 소주잔과 막바지 바다
펄펄 끓어 넘치는데도

우리는
어깨 살짝 기울였을 뿐

굽히고 살다보니
마음까지 굽어가는 포구

바다의 이명 당겼다 눕히며
오랜 시간 눌러 담은 갯내
물 빠진 해수욕장 등 간질이고

안개에 묻어 내리기 시작한 겨울비

얇게 저며진 바람

저문 옥상 빨랫줄에 걸린 별
앓는 소리
누가 그어놓고 간 금 밟은 듯
여자는 멀미난다

열쇠 구멍으로 들여다본 흑백사진 속
딱 두 문장으로 된
터지기 직전 식물성 호기심
담 넘어온 목소리를 찍는다

건조주의보에서 벗어난
가난한 연인 소맷부리처럼
해에게선 여전히 단맛

공용주차장 너머
물들기 시작한 가로수
기념일같이 동그란 일정 하나
지금을 노크한다

물들고 싶은 날

뿌리까지 그러모은 동백나무
꽃비 마중하러 가잔다
잔물결 일으키며
공회전 거듭하던 새로운 꿈
요금 별납 같은 말 아끼며 잠든다
능선 넘어온 바람에
종일 서걱대던 어미 길고양이
달빛 덮고 편안해지면
마음 채우는 돌담
손톱 같은

짜르르하게 번지던 습기
처음으로 손잡던 날

가령이라는 말 언제나 별도공지였다

녹물 잔뜩 낀 소리 물고
웅웅대는 사막

도시에서 흐르던 언어 모두
어디로 갔을까

거칠어진 입술 뜯으며

은행나무 사이
몸 한번 털고
지
　　　그
　재
　　　그
오르막 지나면

초록 방석에 앉은 토마토 하나
쓱쓱 옷자락에 닦는 휘파람

몽골 어느 별을

떠올리며

목을 축인다

가정의 달

패딩점퍼에서 빠져나온 깃털
아직도 힘 빼지 않고 있다

죽지 않는 할리우드 영화 주인공처럼
좀체 누그러지지 않는 잡음

두꺼운 안경 너머
신문 활자처럼 단정한 널
밤새 읽었다

혼자 영화 보며 운다는 남자
창문에 걸린 휴일 오후

사랑니 뽑은 자리 계속
욱신거린다

명자나무

녹색 눈길이 서정시
열 편쯤 품고 있는 걸 모르고
헐렁해서 큰일이라며 첨벙대곤 한다

어린 잎맥 건더기만 잘 다룬 알람
철 지난 광고물에 남은
푸른 휘파람 일으켜
키 작은 명자나무 깨운다

어제를 어루만지듯
마지막에 참기름 한 방울 쓰윽 두른 비빔밥
땡땡이옷 입고 기웃거린다

이웃이 불편하면 같이 불편한 졸음
접히기 전 마음 동여매고

이민자처럼

매일 걷는 길 어제와 달라
바람 맛있다

멈추지 않고 걷는 이유

불규칙동사로 크던 시월
맨날 "뭐해" 물으면 "그냥"
짧은 답 넘기는 게 서운했는데
그 '그냥'에서 시절을 다듬었나보다
사랑 잃은 가슴
알록달록한 말 얹는다

아슬아슬 놓친 신호 풀 꺾여 있던 딸
최종 합격 소식에 두 뺨
홍옥 빛 올랐다

사거리 노점 국화 화분에 잉잉거리던 벌
빚진 사랑은 어떻게든 갚는 거라며
흘러버린다는 말 곱씹는다

무너질 듯 외로워도 단발머리처럼 상큼한

생략과 행동 사이 머무는 가을
몇 개의 가정假定 안고
토실토실 시간 굴린다

문밖의 마디들

나리꽃 발등 베고
말갛게 웃는 들딸기

풀숲은 루비 반지 꼈다

믿었던 걸 놓친 왕개미
눈치 못 채게 끓이던 입맛만

늘 밖으로 도는 사람은
그만의 단내 찾아다니는 것

흘러든 길에서
이미 휘저어진 바람집처럼
말없이 들어주는 건
소리내어 우는 만큼의 위로

3부

시내버스에 입술을 두고 내렸다

자기가 업고 오는 것이 뭔지도 모르고

네 생각으로 걷는 길
어디쯤에서 사각거리는 소리
상처 없이 가고 싶은 겨울
마른풀에 기댄 몸 빗긴다

먼 데서 온 시집 펼쳤을 때
훅 들어오는 글쓴이 시간처럼
약속은 없었지만
언제나 그 자리
있을 줄 알았던 너

겨울 하늘
열이 오르는지 붉으락하다

시내버스에 입술을 두고 내렸다

몸 비틀고 솎아낸 부호
오늘은 잠꼬대 붙들고
겨울비 그친 새벽 도로
걸어가야겠다

바람 드나드는 돌담 구멍
꼬리 흔들며 다가오는 개
마른세수 한번으로
수줍음 터뜨리는 제비꽃

해 잘 드는 곳에 앉아
새 달력 나오면 가장 먼저
너의 생일에
동그라미 쳐줄게

오프닝멘트

올해는 기어코
접시꽃 피워봐야겠다
미리 써보는 생동감

희미하게 보이는 물병 집어
물 마신다

먼 별 퍼런 묶음 푸는 지금
새벽 세 시
습관처럼 떠진 눈
너의 흔적 더듬는다

찬바람 몰고온 생태찌개 먹다가
너에게 가는 걸음 데운다

통증에 익숙해지니
보이는
출구는 저쪽이라는 글씨

당신도 미숙했던 그때의 우릴
아직 보관하고 있을까

멜로는 구우면 더 맛있다

어제까지 디뎌놓은
꿈 한 칸

해진 설명서 같은 구두
다시 발 끼워넣는 아침

풀어진 걸 못 견디는
귀퉁이까지 각 맞춘
얼굴 요리조리 바꾼다

보내지 못한 숫자
탁자마다 수북하고

꽉 낀 목폴라 같았던 하루
찾아든 포장마차
온전과 완전을 찾아 헤매어본
낯선 등끼리 토닥이는 위안

찬물에 오래 있었던 사람처럼
열은 좀체 떨어지지 않았다

늦게 피는 꽃도 꽃이다
꽃이다
꽂힌다

사랑

누구 심장에

걸터앉는다는 건

축축한 그림자

덮혀

오른쪽으로 미는 일

잠든 옆 사람

숨소리

오랜만에

편안하다

다시

사랑이 끝난 자리

무딘 연결음조차 없다

허옇게 남은 어제

빈속 더 편하다

돌아보지 말자 다짐하면

뒤돌아보는 내가 보인다

혼자 뒤척이던 밤

견딘 만큼 낡은 푯말 꺼내 든다

앞 페이지보다 한 톤 낮은

누가 다녀간 흔적 미지근해지기 전

바람의 운지법을 익힌다

봄

그 자리 설령
이별 한마디 자라더라도
그것이 꽃이고
그것이 그대라면
떨어진들 슬프지 않을 화음입니다

내가 당신 생각할 때
당신, 호수에 일렁이는 별로 와준다면
이마 짚고 있던 꽃샘바람
바람 빼고 꽃으로 웃겠지요

이 봄, 근심은 반칙입니다
걱정이 똬리틀고 있다면
나비 날고 꽃이 핀들
뭐하겠어요

봄
고정되고 싶지 않은 눈부심입니다

너에게 가는 길

구름 호수 젖히고
깊게 쓰는 악수

네 어깨에 닿는 순간
이미
손끝에 돌기 시작한 물기

지금부터

바싹 말랐던 가슴
떨켜 없이
푸르게 출렁일 날만
남았다

창밖에 화분 먼저 내놓고

하얗고 노란 밑그림
사선으로 서는 횡단보도

웅크렸던 겨우내
무얼 녹여내고 있었기에
발자국마다
가지마다
연두 휘파람 찍힌다

네가 오던 날
요동치던 내 가슴처럼

꿈에 보았다

오늘처럼
어스름으로 커튼 치는
뒷모습 나는
웃으면서도 외롭다

따라가지 못하고
얼어버리는 발끝

허연 각질 잡힌 마음
밤새 불려
아침이 오면 나팔 손으로
외칠 테야

나는 좋아
참 좋아
네가 와서

간이역 철길에 남은

잔소리가 싫다고 새들
어디론가 가버렸다

지금은 환절기

기하학무늬로 화살표 되어주던
발목에 내려앉은 봄밤

말은 밥통에서 말라가고

진동벨부터 연두색 입히겠다고
처음 입 뗀 점멸등
새벽 안개를 털어낸다

바람만 마시고도 눈 뜨는 목련
순한 시 한 편 벙그러지던
언니의 뜰

꽃마다 알고 싶어하는 나를
꽃보다 예쁘다던 사람

잔꽃 차르르한 원피스로 거닐던 철길
손이 더 수줍던 한 사람

슬픈 영화를 봐도 웃음난다던

날마다 말랑

봄에 온 당신과
여름 나고
가을로 들어서네

그 안에서 노래도 부르고
꽃도 피웠네
나,
지고 싶지 않은 한 송이

어디선가
경계 없는 기다림으로
오고 있을 일 분 일 초를
한 획의 흔들림 없이
써보는
아침

맨 처음 발자국 남긴 아이 같은

푹푹 눈이 내린 아침에도 늦잠 자는 언니 장화는 내 차지
였다 참새를 유인하느라 무 구덩이를 헤쳐놔도 귀찮아하거
나 여자다운 놀이 운운하지도 않으셨던 아버지 또박또박
찍히는 발자국들이 날아오를 수 있다면 그때 숨소리까지
찍을 텐데 양지뜸에 앉혀놓고 바람개비 썰매 손수 만들어
주시던 아버지께 닿을 때까지 눈밭을 가꿀 텐데

어깨 젖은 등나무 내년 오월에나 피울
연보라 주문을 섞는지 간간이 몸을 떤다

깊은 밤까지 눈은 그칠 줄 모르고
불친절해진 길을 꾸역꾸역
욕심껏 밀며 가는 자동차 몇

어제 봤던 움 틔운 목련나무에
밤이 몰다가 버린 그림자
소복하게 앉아 있다

사과를 깎는다

내일은 서리가 내릴 거라는 일기예보

반응보다
대응을 아는 파도
굽 낮은 신발 갈아신는다

끝내 시시했다는 평 듣지 말아야지

둥글게 살고 싶어
자꾸만 달을 바라보던 옥탑
까무룩 든 잠
기다리던 사람 찾아나서면

혼자 보내는 생일처럼
팅팅 불은 손가락
11월을
씩씩하게 깎는다

마음이 보인다

단팥 앙금에 입천장 벗겨지는 줄
모르던 그 시절
추운 날에는 길모퉁이 풀빵
최고였다고

멀리 있는 그녀
내 시간으로 바꿔 말한다
붕어빵 먹고 싶다고

온 미간 모으며 꼬리부터 베물고
웃던 그녀

금방 어미젖 떨어진 송아지처럼
자꾸만 뒤돌아보게 되는
한 사람

이맘때 여읜 엄마 보고 싶은 거겠지

눈 내리는 초저녁
일부러 붕어빵 사러 나간다

4부

이쁜 여자는 참 피곤해

혼자 울지 않는다

바늘귀에 꿴 연애소설 한 구절

촘촘하게 박음질해 두고

처마에 달린 풍경 집적대거나

제비집 볼륨에 참견한다

어떤 소리도

짊어진 배낭에 담을 수 있을 것 같은

산 그림자만 묵묵히 듣고 있던

북소리

휘어진 언어들이 손목에서 견딘다

책갈피에 엎드린 분홍 휘파람
창밖 수신호 찍어두고 간 좌표
틈 노리는 고양이 눈

낯빛 비워내려고
낄낄거리는
동안
플레어스커트 자락까지 닿은
액자형 흑백 아가미에 돋는

그물 단단히 여미고
고양이의 야망 허용하지 말 것
허약한 상상력 들키지 말 것

입동

　슬픔을 끓인다 끓은 물 여과지 통과하는 중 적정 온도 찾아내기까지 절취선 이후 떨림은 무관심할 것 투명 파우치에 든 로션 샘플처럼 웅성거리는 조바심 너를 푼다 콧소리 가득 찬 메일 너는 발송 취소 버튼 누르고 나는 수신 확인 누른다 우리는 더블 캐스팅된 배우 서로 중심 들여다보았으면서 모르는 사람처럼 노랗게 국화차 내리며 인연 너머 모든 아침을 존경하기로 한다

중년 부부

잠든 남편 맨발에서
폐경 한참 지난
시내버스 냄새가 난다

뒤집어 벗은 양말이 부른 잔소리
몸으로 그 아침 받아적는 북어
간밤 소주 맛 달았다고

헛기침 많았던 주머니
씹다 버려진 껌처럼 들러붙은 적막
소금꽃으로 핑계를 찾는

흰 파도 앞
동그랗게 웃던 나 생각하면
혼자 먹는 밥도 따뜻하다는 남자
가장자리부터 물드는 나뭇잎
봄옷같이 웃는다

바람 언덕에서도
직구만 던지는 사람

날 풀리면
우리 그 바다로 가요
뜨는 해 안으며 나눴던 입맞춤
온기 찾으러

관절염 앓는 계절

어제 다녀간 사람
아침을 짚고 일어서서는
다시 시들지 않았다

화분 뒤 무채색 햇살 매달고
녹이 슬어갈 외등
덧니 가리고
둥그스름한 등짝 펼치면

무릎 마주 세운 채
관자놀이 씰룩거리는 털실뭉치
자세 바꿔 꼬리뼈에 앉은 먼지 털어내면
나이테보다 붉은 잇자국

광자경자정자순자학자후자

뜻밖의 딱딱한 고집은 마스크 너머 있었다

코로나 괄호 속에 묶여버린 키 큰 광자
더는 춤출 수 없다는 불친절한 안부가 날아들고

광자 빠진 무용교실 그녀가 좋아하던 교방살풀이춤을 추
던 중 광자 다음 타자는 자기가 될 것 같다는 후자 한마디에
나머지 자야 언니들 건조하게 고개 끄덕였다 다섯 마음 살
풀이수건 따라 너울거렸다

마스크 장벽은 급속히 허물어지는 중인데
광자는 자기만의 세계로 낮아지고 있다

오늘 엘리베이터 게시판
새로 당선된 동대표 황금자 씨가 노랗게 웃고 있다
'함께'라는 말 앞세워
우리의 관계로 만들어보자는 웃음이다

쉽게 던질 수도 답할 수도 없는 질문 같은

조연배우

양은냄비에 바글바글 끓인 라면
간절한 오후
찌그러진 범퍼 두고 떠들던
계절 볼륨을 올린다

홀씨 떠나보낸 민들레
그래,
모든 피는 것들은
지고 나서야 노래가 되지

오늘처럼
그림자도 없이 깊은 민들레 배꼽에게
오래 이어갈 중심을 배워야지

이제 복숭아뼈가 예쁜 아내 기다리는
집으로 간다

가을은 첫사랑보다 짧을 거야

발 오므린 마른풀
갈색 바람 뺨 부빌 때
고추잠자리
젖은 치마를 팽팽하게 당긴다

당연한 것은 언제나 정답

소리 없이 다가온 햇살
정물화 쪽으로

귤색 하늘 올올하다

혼인비행

어제보다 굵어져야 한다

쉽게 숨어버리는 노란 생
하품으로 흔들어
또 다른 두께를 엮는다

거리를 명함처럼 훑는 빗방울

트럭에 매달린 확성기
봄을 부풀리고

흔들리면 더 화려한
두건 하나 장만했다

이쁜 여자는 참 피곤해

사람들이 먹는 벌건 국밥 사이로
많은 말 씹혀 넘어갔다

개망초 하얗게 서러운 날
남겨진 새 한 마리
허공을 가위질하는데

산이 간 곳을
아무도 궁금해하지 않았다

창가 침상에서
갈 수 있을 때까지 내려온
조용한 응시

헐렁헐렁 겉도는 약속이
이쁜 여자는 참 피곤해

빨래 마르는 소리가 난다

젖 냄새

공간을 떠도는 말
그대로 안고
잘 영근 그리움
두드려보지만

멀어서 생긴 그리움
무시로 잡아당기니
덜컥 막히기도
출렁 넘치기도 한다

그 쓸쓸한 향기
움푹 꺼진 시간에 파고든다

앞에서 깊고
위에서 뜨거운
열꽃

만질 수 없이 단단한 것들
볶은 콩 같이 도도하다

거절은 메뉴에 넣지 않겠다

어둠이 와도 구부러지지 않는
소리가 될 거라는 생강나무
지금 고백하면 진실 가벼워질까
빙긋 웃고 만다

한껏 혀 짧은 소리로 다가오던 봄
비좁은 마음 들키지 않으려
다시 입 오므리면

걸어온 길 기억해
달거나 촉촉할 수 있다고
뿔테안경 고쳐 쓰는 바람

아무 색깔 없이 헐거워진 무릎
애써 명랑을 쓸어담는다

설산의 딸 다녀간 밤
사람들
꽃샘이라 부르기로 했다

김장하는 날

한껏 물오른 종갓집 비법이
고무장갑 위에서 전해질 때
문턱 휘감던 발길

셋째 언니 함 들어오던 날 사랑채에서 밥상을 받은 함잡
이 우리 엄마 김치 맛에 반해 번갈아가면서 김치 더 달라는
목청을 돋웠고 나중에는 미안해서 억지로 밥숟가락 놓았다
는 얘기

오늘 경주 최씨 그 손맛 눈동냥 귀동냥을 떠올려 엄마 없
는 친정 마당에서 네 자매 오순도순 기억을 씹는 아날로그
의 하루

단역배우

줌으로 당겨진 뒷골목
수북한 뒷말 깎아낸다

분홍지느러미 숨긴 고양이
목을 움츠린 채
두리번거린다

속도에 묻혀버린
설익은 밥 냄새

물 묻은 손가락 툭툭 털면서
준비한 수상 소감

토막토막 익혀온 선택
그늘도 흔들려야
어디든 녹아들 수 있다

들려줄 얘기가 많은 날

보랏빛은
아직 측백나무 숲에 머물고

담장 밖으로 늘어진
단단한 7월
깎은 손톱 같다

비설거지 뒤
단맛 풀어놓는 볕살 뒤태
생각의 회로 튀어다니던 그림자

이름이 갖고 싶다는 오늘
푸른 색 찾는 들숨이라 불렀다가
끝사랑으로 고쳐 부른다

시간이라는 약의 치유

박수빈/ 시인, 문학평론가

시는 대상을 비유하여 울림을 준다. 서순남 시인의 시를 읽으며 희로애락의 인생이 유비된다. 살아온 내력으로부터 마음을 다스리며 심금을 울린다. 시를 좋아하는 것은 이런 느낌을 좋아하기 때문이 아닐까. 생각을 전개하는 방법이 시인마다 다른데 서순남 시인의 두 번째 시집 『멜로는 구우면 더 맛있다』에서 눈에 띄는 것은 예사롭지 않은 시 제목과 말을 아끼는 화자이다. 「따뜻하다고 했을 뿐인데 꽃이 피기 시작했다」 「휘어진 언어들이 손목에서 견딘다」 「봄, 모든 오류를 존중한다」 「가령이라는 말 언제나 별도공지였다」 등등 내용을 아우르는 제목에 그만큼 주의를 기울였음을 알 수 있다. 생활에서 고이는 사유의 결이 섬세하고 연륜이 쌓여 있다.

택하는 단어로도 성향을 짐작할 수 있는데 「조연배우」, 「단역배우」에서 보듯 화자는 주인공으로 전면에 나서기보다 조력자 역할을 하고 있다. 일반적으로 사람들은 주목받고 중심에 서고 싶어한다. 하지만 모두가 중앙만을 지향할 때 우려가 생긴다. 중심이 된 사람은 권력을 휘두르게 되고 상대적으로 소외가 따를 수 있어 그렇다. 「서랍」에서 "언젠가 받았던 소포에 붙었던 그 사람 주소 어느 하나 확장을 꿈꾸지 않는 서랍을 다그치지 않는다 하루를 그냥 보낼 지라도"를 보아도 화자는 목소리를 높여 주장하지 않는다. "굽히고 살다보니/ 마음까지 굽어가는 포구// 바다의 이명 당겼다 눕히며/ 오랜 시간 눌러 담은 갯내"(「경계와 관심 사이」)에서도 수굿한 자세다.

나무에 결이 있듯이 시에도 결이 있어, 이는 자신을 강하게 드러내기보다 배려심이 어우러진 결로 보인다. 서순남의 시 속에는 사람과 사람 사이의 따뜻한 정이 무늬를 그린다. 화자가 격앙되지 않기에 얼핏 담긴 뜻을 잘 알 수 없을 때, 거듭 읽으며 헤아려 보게 된다. 보통 사람들은 직접 말하면 되는 것을 왜 돌려서 표현하는지 궁금할 것이다. 시라는 장르는 특성상 감춰서 말하는 가운데 느낌과 깨달음이 생겨나기 때문이다.

문학에서 시간과 공간은 불가분의 관계이다. 심상이 자리하는 좌표로서 내적 상태를 직관하는 형식이다. 시간과 공간 의식은 문학의 기본적인 틀로 작용한다. 서순남 시인의 첫 시집 『인천역 3번 출구』에는 인천의 역사가 있는 지명을 소환하며 장소성으로써 공간 의식이 두드러진 시편들이 많았다. 그래서 인천 지역을 새로운 인식으로 바라보게 했다면, 이번 시집에서는 시간 의식이 비중을 두고 있다. 쌓인 경험의 시간은 마침내 지혜가 되고 약이 되어 숱한 상처를 다독이게 한다. 인생이 탄탄대로라면 더할 나위가 없겠지만 엎치락뒤치락하기가 십상이다. 위기와 견딤과 극복의 시간을 통해 의식의 흐름은 치유로 이어진다.

서순남의 시편들은 마음을 달래는 시간 의식을 바탕으로 진술한다. "개망초 하얗게 서러운 날/ 남겨진 새 한 마리/ 허공을 가위질하는데"(「이쁜 여자는 참 피곤해」)라거나 "그 손맛 눈동냥 귀동냥을 떠올려 엄마 없는 친정 마당에서 네 자매 오순도순 기억을 씹는 아날로그의 하루"(「김장하는 날」)며 "바싹 말랐던 가슴/ 떨켜 없이/ 푸르게 출렁일 날만/ 남았다"(「너에게 가는 길」)에서 공감 능력을 돌아보게 한다.

「선암사 뒤뜰에 내리던」을 보면 서순남 시인은 시 속에 비밀을 감춰둔다. 독자는 시를 읽으면서 그 속에 숨은 뜻을 헤아려보게 된다. 생활 속에서 쓰는 일반어는 금세 이해할 수 있다. 그러나 시에서 쓰는 말의 의미를 제대로 이해하려면 한 번 더 생각해 보아야 한다.

"바람처럼 떠나고 싶을 때/ 켜는 촛불처럼/ 나의 지금에 갱신을 주문한다"는 대목에서 새롭게 하려는 의지를 짚을 수 있다. "본 것 이해했다로/ 넘기지 말라고" 맺는 부분에서는 정말 소중한 것은 눈에 잘 보이지 않는다는 점 그러기에 눈에 보이는 것이 전부가 아니라는 각성에 이른다. 시인은 자기가 하고 싶은 말을 직접 하지 않는다. 사물을 데려와 사물이 대신 말하게 한다. 이미지를 통해서 말하는 것이다. 한 편의 시를 읽는 것은 이미지 속에 담긴 의미를 찾는 일이다.

여러 소재로 시인은 삶의 단면들을 포착하는데 시간이라는 자장 안에 연결된 삶이라 하겠다. 그뿐만 아니라 사회적 존재로서 인간은 이리저리 관계망으로 연결되어 있다.

등 뒤로 흘러간 인연에
머리 흔들고 싶은 나무

작은 입 움찔거리는 매화
종이꽃 청첩장 봄을 분양한다

정오를 기다려
빈 접시 채운 계절

—「청명」부분

"등 뒤로 흘러간 인연에/ 머리 흔들고 싶은 나무"에 빗대어 관계성이 유추된다. 가족이나 일터 혹은 여러 집단의 일원으로 관계를 맺는 삶. 사회생활을 영위하기 위해서는 관계로부터 동떨어질 수 없다. 관계로 영위하는 한편으로 관계에 묶여 자유를 잃기도 한다. 그들만의 관계로 영역을 지은 경우 배척되기도 한다. 기술문명이 발달할수록 이 관계망은 복잡해진다. 서순남의 시는 이렇게 또는 저렇게 연결된 인간관계를 살피게 한다.

'청명'은 절기로 읽히다가 날씨나 하늘이 맑고 밝은 뜻으로 읽어도 손색이 없다. 해의 기운이 가장 많은 "정오를 기다려/ 빈 접시를 채운" 심정에는 두루 원만하기를 바라는 시간 의식이 깃들어 있다. 인연에는 때가 있고 자연의 섭리대로 흐른다. 회자정리會者定離라는 말도 떠오른다. 시절인연이 다하면 흩어지는 게 만물의 이치인 것을 사람들은 어쩌다 연연해하는 것일까. 사람 사이에는 적정거리가 필요한 것 같다. 가로수의 나무들이 일정한 간격을 유지하는 것처럼 건강한 인간관계의 지속을 위해서는 지키고 존중해야 할 안전선이 있다.

"작은 입 움찔거리는 매화"에서 아직 추운데도 불구하고 이른 봄에 꽃을 피우는 모습이 대견하다고 할까. 안쓰럽다고 할까. 한낮을 기다리는 시간이 흐르고 감정이 얹힌다. 청명한 기운이 스미기까지 많이 애썼을 것이다. 염원하는 동안 새날이 온다는 생각이 든다. 이 시는 감정이 표면에 노출되지 않고 여운을 둔다.

> 흩어진 기억 찾는 버려진 종이컵
> 휘파람으로 시간 꿰맨다
>
> 낮에 스쳐간 많은 얼굴
> 아침에 흥얼거리던 노래
>
> 하얀 운동화 같은 자유
> ―「기분 전환 필요한 월요일 12시처럼」부분

"휘파람으로 시간 꿰맨다"거나 "하얀 운동화 같은 자유"는 청각과 시각이 어우러지며 공감각을 소환한다. "휘파람으로 시간 꿰맨다"에서 유유자적 지난 시간을 봉합하는 모습이 감지된다. 월요일 12시 즈음은 기분을 전환하고 자유를 누리고 싶을 때이다. 삶을 위해 소시민은 일상을 일구어야 하고 어딘가에 매달리게 된다. 그럴수록 이루어지지 않으면 불안감이 생기고 자유는 소원해진다. 현대인의 자아가 읽히되 직설적으로 드러내지 않으며 진행하는 시이다. 겉으로 드러난 서술과 속내에 대해 좀 더 맥을 짚어볼 필요가 있겠다.

일상은 삶의 진실에 접근하는 하나의 방법이다. 형이상학적 먼 공간이나 거창하게 사회 변혁적인 유토피아를 추구하기보다 자신의 일상에서 흔적을 끌어올려 기록한다. 일상을 다룬 시의 귀결은 상황을 흡수하며 접점을 찾는 것 같다. 문학은 상황을 기록하지 않고 존재할 수 없으므로 현상과 실존을 옮겨 적는 것이다. 결국 내 안을 보살피는 것이다.

시인이 느끼는 섬세한 감정은 어떤 언어로 치환되어 시의 형태가 되고 있는지. 일상에서 부딪는 관계는 어떻게 착상되어 시의 모습을 갖추는지 귀기울여본다. 사고는 정황에 지배되게 마련이다. 주지하듯 현대시가 어려운 것은 시적 대상과의 거리에서 나타나지만, 더 근본적으로는 반구조적이고 탈중심주의적인 세태가 미치는 영향이다. 흔히 시의 구성에 있어 체계적인 짜임을 갖고 있을 때 구조적이라는 말을 쓴다. 기승전결을 잘 갖춘 작품은 어떠한 방향으로 끝을 내야 하는가를 의도하게 된다. 이에 반해 반구조적인 작품은 마무리를 열어놓게 된다.

현대의 탈중심을 반영하므로 통일성이나 질서에서 벗어나는 것이다. 나아가 기존의 선과 악, 미와 추의 이분법적 세계관에 대해 회의적이다. 이런 시편들은 반구조적인 작품이라고 볼 수 있다. 새로움을 추구하지만 여러 사정으로 현실에 주저앉는 현대인들. 이런 이율배반적인 징후는 급격하게 팽창하기 시작한 정보화사회로 변모와 무관하지 않다. 사회 속의 개인, 인간관계가 해체되기 때문이다. 그래서 그런지 화자의 사고는 한 곳에 집중되지 않는다. 의중이 어디에 놓이는지 불확실한 미래와 당면한다.

꽉 낀 목폴라 같았던 하루
찾아든 포장마차
온전과 완전을 찾아 헤매어본
낯선 등끼리 토닥이는 위안

찬물에 오래 있었던 사람처럼
열은 좀체 떨어지지 않았다

늦게 피는 꽃도 꽃이다
꽃이다
꽃한다

　　　　　　　　　　　　　　—「멜로는 구우면 더 맛있다」 부분

폭신한 촉감을 자랑하는 마시멜로 사탕을 언급하지 않았지만 연상된다. 통속적이고 감상적인 멜로드라마도 연상된다. 화자는 "꽉 낀 목폴라 같았던 하루" 즉 답답한 날에 쉬고 싶어 "포장마차"를 찾는다. 포장마차는 서민적이며 여기서 화자는 위안을 얻는다. "꽉 낀 폭폴라"를 감정노동으로 읽어도 무리가 없겠다. 누구나 감정을 지니고 있고 표현하는 욕망을 갖는다. 하지만 방식은 저마다 다르다. 감정과 생각이 "온전과 완전을 찾아" 적확하다면 좋겠지만 와전되거나 왜곡되기도 한다. 감정이란 어디서 출발하는가. 내 감정은 온전히 고유한가. 아니다. 사람 사이의 이해득실이 얽혀서 눈치를 보는 감정, 폭력을 견디는 감정 등 중층을 이룬다.

이 시에서 주목하게 되는 부분은 마지막 연이다. "늦게 피는 꽃도 꽃이"라서 "꽂힌다"는 대목에 방점이 찍힌다. 언제 피든 어디서 피든 모두 꽃이다. 사람의 선입견이 작용하여 때와 장소를 구분하지만 실은 봄에 핀다고 다 좋은 것이 아니고 늦게 핀다고 초조할 일도 아니다. 일찍 피어 먼저 시들 수 있고 나중에 피어 오래 유지할 수도 있다.

그런데 세상의 잣대는 우선과 나중의 시기를 따진다. 그러다보니 우선은 중심이 되고 나중은 주변이 된다. 거시적으로 피부, 종교, 학벌, 지역, 소득에 따라 선이 그어져 있다. 이로 인해 차별과 갈등이 생기고 타자가 양산된다. 대상마다 소중한 가치가 있는 존재로 인정을 받으면 꽃이 피듯 좋을 텐데 경계선에 걸려 좌절하는 경우는 또 얼마인가. 이럴 때 경계를 무력화하는 포용정신이 필요하다.

코로나 괄호 속에 묶여버린 키 큰 광자
더는 춤출 수 없다는 불친절한 안부가 날아들고

광자 빠진 무용교실 그녀가 좋아하던 교방살풀이춤을
추던 중 광자 다음 타자는 자기가 될 것 같다는 후자 한마
디에 나머지 자야 언니들 건조하게 고개 끄덕였다 다섯
마음 살풀이수건 따라 너울거렸다

마스크 장벽은 급속히 허물어지는 중인데
광자는 자기만의 세계로 낮아지고 있다

오늘 엘리베이터 게시판
새로 당선된 동대표 황금자 씨가 노랗게 웃고 있다
'함께'라는 말 앞세워
우리의 관계로 만들어보자는 웃음이다
— 「광자경자정자순자학자후자」 부분

"더는 춤출 수 없다는 불친절한 안부"에 무용교실은 어수
선하다. 이름에 "자"가 들어가는 "자야 언니들"이 위트있게
호명된다. "후자"는 자신을 어필하지만 마음은 각각이다.
서로 안 맞는 이들의 논란은 본인 위주로 생각하는 데서 비
롯한다. 사람 사이의 적절한 관계를 유념해본다. 주장이 강
하면 갈등이 생기게 마련이다. 이 시에서 "새로 당선된 동
대표 황금자 씨"에게 눈길을 돌리는 부분이 진정 수습이겠

는가. 서로를 인정하는 관계란 어떤 경지인가. 편해지기까지 많은 절충과 노력이 요구될 것이다. 이 시는 에피소드를 통해 성찰로 이어지는 방식을 보여준다. 내면을 돌아보고 삶의 자세를 가다듬는 것이다.

겨우 삼베옷 한 벌 입혀
뒤늦은 마음
회심곡에 섞는다

흰 날개 훨훨
새색시 마음으로 날아

새집은 편안한지
당신 무릎에 다시 봄은 왔는지

꿈에서도 묻지 못하는 안부

내 목소리에 내가
놀랄 때 많은 요즘
몸뚱어리 몸짓 구석구석
엄마 맥이 들었다

—「접두사」 부분

접두사는 새로운 단어를 만드는 파생접사의 한 종류다.

그러므로 접두사가 만들어낸 새로운 단어는 파생어에 속한다. 시인이 택하는 언어는 시인이 세상을 살아가는 태도와 관계가 있다고 볼 때 어머니는 뭐니 뭐니 해도 "접두사"이다.

언뜻 문법적 기능을 하는 접두사와 어머니가 무슨 연관 있나 싶지만, 어머니에 대해 느끼는 충만한 감정은 접두사처럼 맨 앞에 놓이고 파생되는 범주가 많기 때문이다. 기억의 회로를 타고 돌아오는 시간이 이어진다. 어머니를 회상하며 화자는 "새 집은 편안한지" 안부를 묻고 그리워한다. 문득 어머니를 닮아가는 자신을 느낄 때 예전에 무심함에 대해 반성한다. 간과했던 것들이 마음에 다가오고 소중한 때가 있다. 불현듯 부재를 깨달을 때 이미 물리적인 시간이 지난 후이기에 먹먹해지기도 한다.

사람은 몸 밖에서 에너지를 얻는 것들이 많다. 음식, 물, 공기 등 바깥에서 얻는 것들이다. 그러나 그것으로 부족하다. 안에서 받쳐주는 내면 에너지가 필요하다. 그래야 기력을 충전하며 나아갈 방향을 찾게 된다. 자아 탐색과 실현을 위한 본령이 "엄마 맥이 들었다"에 있다. 시인의 시선은 자신이 생성된 근원에 있어 그 정체성을 "엄마 맥"에서 찾는다.

이상에서 서순남 시인은 절제된 언어와 시의 표현 구조 속에 그리움과 아쉬움과 열정의 시간 의식을 담고 새로운 시 세계를 이루는 중이다. 사회적 존재로서 인간군상이 일상의 구체적 경황 속에서 다양하게 펼쳐지고 있다. 시어들 사이에서 의미 연관이 돌올한 경우, 무의식을 심상화한 정

서적 상황이라 하겠다. 이번 두 번째 시집의 큰 성과를 기원하면서 앞으로 보여줄 시를 기대한다.

현대시세계 시인선 157

멜로는 구우면 더 맛있다

지은이_ 서순남
펴낸이_ 조현석
기　획_ 김정수, 우대식
펴낸곳_ 북인
디자인_ 푸른영토

1판 1쇄_ 2023년 11월 20일
출판등록번호_ 313 - 2004 - 000111
주소_ 121 - 842 서울 마포구 서교동 460 - 34, 501호
전화_ 02 - 323 - 7767
팩스_ 02 - 323 - 7845

ISBN 979-11-6512-157-0　　03810
ⓒ 서순남, 2023

본 도서는 ⓒ 인천광역시와 🌸 인천문화재단의 후원을 받아
'2023 예술창작지원사업'으로 선정되어 발간되었습니다.